新安江之歌

XIN'AN JIANG ZHI GE

姚家齐 著

时代出版传媒股份有限公司
安徽文艺出版社

图书在版编目（ＣＩＰ）数据

新安江之歌/姚家齐著.--合肥：安徽文艺出版社，2021.9
ISBN 978-7-5396-7239-7

Ⅰ.①新… Ⅱ.①姚… Ⅲ.①诗集－中国－当代 Ⅳ.①I227

中国版本图书馆 CIP 数据核字(2021)第 123186 号

出 版 人：段晓静	
责任编辑：胡　莉	装帧设计：熙宇文化

出版发行：时代出版传媒股份有限公司　www.press-mart.com
　　　　　安徽文艺出版社　www.awpub.com
地　　址：合肥市翡翠路 1118 号　邮政编码：230071
营 销 部：(0551)63533889
印　　制：合肥创新印务有限公司　(0551)64456946

开本：880×1230　1/32　印张：5.5　字数：90 千字
版次：2021 年 9 月第 1 版
印次：2021 年 9 月第 1 次印刷
定价：48.00 元

（如发现印装质量问题，影响阅读，请与出版社联系调换）
版权所有，侵权必究

目 录

心境 / 001

深夜听雨 / 003

月亮的自述 / 005

抖音 / 007

清扫夜色的女人 / 008

小满 / 009

光明影院 / 010

石榴 / 012

枇杷小镇 / 014

爬蜈蚣岭 / 016

后现代的无声境界 / 018

夏日风情 / 020

生命力 / 022

游丰乐湖 / 024

古城岩 / 025

婚姻 / 028

七夕 / 030

中元节 / 032

过去,你让我……/ 034
水边的树 / 036
初秋的哀伤 / 038
我多么想去西溪南 / 040
向日葵 / 042
秋分 / 044
窗外群山绵延 / 046
文峰桥 / 048
虎刺梅 / 050
望月 / 052
中秋,是个伤感的节日 / 054
紫露寺游记 / 056
新安江之歌 / 058
唐模探美 / 061
旱坎印象 / 063
我没有故乡 / 065
远眺新安大桥 / 067
龟 / 069
眼不见,心不烦 / 071
保姆 / 073
望呆 / 074
忽明忽暗 / 076
仰望天空 / 078

小草的宿命 / 080

古道行 / 082

老屋的变迁 / 084

红色的石屋坑 / 086

我忍不住要哭 / 089

我坐高铁过千岛 / 090

登高 / 092

国庆霓虹 / 094

奇墅湖情思 / 096

我与蚊子共歌吟 / 098

秋园月色 / 100

塔川红叶 / 102

木坑竹海 / 104

我与麻雀 / 106

阳产土楼 / 108

城市之夜 / 110

护林员之歌 / 112

大师 / 114

关于忧愁 / 116

月亮饼 / 118

落叶纷飞的早晨 / 120

我的心献给了苍穹 / 121

名字 / 122

我的心很甜 / 124

巷口 / 125

讲故事 / 127

练江,是一条练 / 129

夜宿玉屏楼 / 131

雾锁天都 / 133

容溪行 / 135

太平湖情归何处 / 137

方腊洞 / 139

苹果 / 141

快乐的十月 / 143

明月照大江 / 144

伴虎 / 146

爱的差异 / 148

徽州大峡谷 / 149

冬至盛事 / 151

我喜欢站在雪地里 / 153

屯溪老街 / 155

远行 / 157

黄山奇遇 / 158

桃花岛 / 160

月潭湖,弯又长 / 162

电线上的风情 / 164

往事片段 / 166

岁末记 / 169

心　　境

住得这么高

我远离尘世的喧嚣

鸟儿一次次地

绕着我的窗儿飞

云朵一次次地

绕着我的窗儿飘

它们不厌其烦

我关起窗子,拒绝骚扰

住得这么高

日子久了,孤独难熬

鸟儿一次次地

绕着我的窗儿飞

云朵一次次地
绕着我的窗儿飘
它们不惜时光
我打开窗子,风景无限好

深夜听雨

夜雨的声音

有时重,有时轻

雨声应该打动她麻木的心

对我的真情实意做出会心的回应

夜雨的声音

有时慢,有时紧

雨声应该震慑躲在门外的歹徒

挑动起他畏惧的神经

夜雨的声音

有时响,有时停

仿佛弹拨起美妙的琴弦

抚慰着我黑夜里孤独的心灵

夜雨的声音
有时涌动，有时退隐
那是打破坛子的老酒在流淌
一口口醉我到天明

月亮的自述

我已满头白霜

享受着平静、悠闲和安详

我年轻时曾是人们的梦中情人

夜夜都远远地相望

我卖过圆圆的烧饼

我洗过圆圆的锅碗瓢盘

我当过宠妃

在圆圆的宫门里伺候君王

……

我做完世间事

尝尽人间苦辣甜酸

发誓要当一回仙人

我已来到高高的天上

正玩着一场场阴晴圆缺

笑看人间一场场离合悲欢

抖　　音

一只公鸡敲打着抖琴
声音有力,节奏分明
对面墙根上
站立起一条蚯蚓
腰身随琴声一扭一扭
显得有些矫情
公鸡发起威风
却突然被主人捉住了头颈
拼命地挣扎
把羽毛抖落得四处飘零
咯咯咯,一只母鸡边抖边叫
刺耳又锥心
仿佛世界末日就要来临

清扫夜色的女人

落地风裹挟着尘埃
席卷着夜色中的微白
暗淡的街灯下
迷糊的空气中
隐隐透出半截身材
夜雾里,闪动着身影
朦胧中,变化着姿态
旋转着白色的纸屑
飞舞着落叶的风采
滴下晶莹的汗珠
把大地清洗得雪白
当人们醒来
已彻底扫清了夜色
也扫清了雾霾

小　满

二十四节气
潇洒在小满
柔软的南风吹满大地
初夏的暖雨涨满河流和溪塘
小麦的穗儿灌满白色的乳汁
秧苗吐露的绿色云朵盖满村野田庄
串串枇杷像金锭子挂满枝头
葡萄的长藤爬满瓜棚和院墙
四方游客挤满景区农家乐的餐桌
街上的购物者鼓满钱包和行囊
啊！满，满，满
五彩缤纷的小康填满人们的梦乡

光明影院

他们没有眼睛

但耳朵特别地灵敏

能听到方圆大小长短的舞步

能听到红绿青蓝紫的乐音

听得懂鸟类的语言

能与知了谈心

影院的助残人士

描述电影故事的生动情节

用强光撬动黑暗的视觉神经

视障者在影院里

感知到了多姿多彩的色与形

助残人士为他们打开了通向心灵的盲道

他们在盲道上快乐地前行

在他们眼前

大地回春

在他们的内心世界里

五彩缤纷

石　榴

五月红似火

石榴树开花又结果

小区里有很多石榴树

结了很多的石榴果

它们总是张着嘴笑

打开了少女封闭的门锁

露出一排排水晶牙

成了眼下莫大的诱惑

牙龈间渗着血

不知是谁惹的祸

吻得太深，咬得太狠

作案者没有投案自首

风来过

雨来过

虫来过

鸟来过

人来过

路过不留痕

案子难破

枇杷小镇

两岸乱峰高刺天

小河通江

唐宋以来逝去多少驿站流年

一只只竹篓

从码头连接到街边

绿的盖着黄的

不知荷叶何时与枇杷结上了缘

街上的交易令人眼花缭乱

从明清延续到当前

踩着枇杷籽的人

屁股落地,骂娘又骂天

嘈杂的街市延续到黑夜

船儿像鳄鱼爬满了河沿

梨岭寺的钟声来得迟

江枫渔火对愁眠

新安江之歌

爬蜈蚣岭

在我老家附近

有一道山岭

名叫蜈蚣岭

没有栏杆,没有树林

蜿蜒、曲折,通向山顶

我使劲往上爬

脚步不断收紧

一路手持刀斧

提防蜈蚣在梯田里惊醒

上个月在家洗澡

一条蜈蚣爬上我的脖颈

在颈动脉附近游荡

顿时让我陷入命悬一线的险情

我这次不去游徽杭古道

专程来爬蜈蚣岭

也爬到它的颈上

跺跺脚,开开心

放歌一曲,山风和鸣

我是多么过瘾

后现代的无声境界

清晨,浮云轻轻掠过
鸟儿都去深山休养歌喉
朝发夕至的高铁只顾奔跑
柔软的铁轨默不开口
经济开发区没有烟囱
没有铁马的怒吼
厂房里挥动着铁臂
只有电流的丝丝温柔
润滑油不声不响
悄悄地转手

空山风吹远
江水静静流

喧嚣声、高音美声、抖音、大呼小叫
全收入手机,插在腰间、裤兜
光纤、网络、5G、量子
秘密潜行在新工业时代的潮头
在无声的境界里
奔腾着千军万马般的洪流

夏日风情

正午的天空
热烈而张扬
荷花、紫薇、一丈红
火焰般地绽放
盛夏的温度
发酵着初恋的心房

乌云遮住了烈日
阵阵夏风越过江滩
天空黑云翻滚
绽开一小片湛蓝
那是一只恋人的眼睛
水汪汪,亮闪闪

暑热渐渐退去
凉爽的晚风吹动着门窗
一只小鸟和两三只蝉儿
在窗外林中动情地鸣唱
我提早爱上对岸一处水埠头
那里有浣衣女向我挥动金色的霞光

夏夜突如其来的骤雨
敲打在油毡布棚和玻璃瓦上
无数佳人的梦境被搅黄
夜莺找不到回家的路
黑幕包裹着我的惆怅
雨声伴着我小小的忧伤

生 命 力

我家的宠物狗

取名"二胖"

晚上生下四只小崽

咬断脐带,吞下胎盘

一点没有声响

没有妇科医生

没有接生婆

没有月嫂

没有鸡汤

默默地忍受

一点也不张扬

一年后,为免它再受苦

去宠物医院给它上了环

效果不佳

干脆切了子宫

在狗窝里躺了三天三晚

不吃不喝

也不再汪汪

后来,反而长胖

既快乐

又不会再怀上

游丰乐湖

水路弯又长
心里空飘荡

目睹一生流的泪
湖水汪汪

远眺烟波深处
往事茫茫

请捕虾人喝酒
湖光山色在杯中摇晃

注:
　　丰乐湖,位于黄山市徽州区,是丰乐河上的一座人工水库,其功能主要为防洪、发电和旅游。

古 城 岩

顾名思义

这是一座山岩

岩上有城堡

所谓古,就是

古民居、古祠堂、古看台、古塔、古桥

还有山神和财宝

现在是一个景区

没有一个游客

古建筑里没有一个活人

家具齐全,没有一丝灰尘

大门、后门全开

好像古人刚刚启程

人去楼空

安静得叫人断魂

山风骤起,战马嘶鸣

汪华率大军坐镇山岩

保境安民

雷声隆隆,天降追兵

朱元璋逃入岩下洞中

保全了性命

小小的古城岩

上演了一场场历史大戏

大震威名

呜呼

历史已经远去

尘封的岁月无人问津

如今这里空无一人

死一般地寂静

注：

1.古城岩在黄山市休宁县万安镇境内,是一处历史遗迹。

2.汪华,隋末唐初人。隋末天下大乱,他起兵徽州,保境安民,深受百姓拥护,后归唐,为历代人民所怀念和尊敬。

婚　姻

江边的石柱

拴着船坞上的铁链条

石柱与铁链

互相套牢

共同经风雨

搏击骇浪惊涛

相依为命

又互相敲打和撕咬

不断磨损

不断消耗

直到——

铁身锈迹斑斑

石骨疏松枯槁

却仍然相依相偎

这让我想起人类婚姻的白头偕老

七 夕

七月的星河

流火飞袭

鹊桥下沸水翻滚

桥上热浪冲击

两人相拥

大汗淋漓

柔情似铁水

爱意成烤漆

为什么不选个清凉的日子

那是鹊们听从了天意

烧烤的节日

烫伤了一身皮

再撒上一把盐

死去活来都可以

我乐意

中 元 节

七月半的夜晚

浮云遮住了月亮

远处的山野

有不明的荧光在游荡

路上的行人

步履惊慌

怕与看不见的鬼魂相撞

家家户户焚烧纸钱

各路阴魂来路口领取冥饷

点放河灯

让从水路来的亲人认清方向

火光背后，似有哭声

断断续续也凄凉

边哭边说：

"宁可在世上入地狱

也不愿死后升天堂"

过去,你让我……

过去,你让我
不再喜欢鸟鸣
只喜欢听你浅浅的呼吸

过去,你让我
不再喜欢凡·高的油画
只喜欢看你脸上微微的涟漪

过去,你让我
不再喜欢爬山
只喜欢在野地里掀动你飘逸的风衣

过去,你让我

不再为秋天而忧伤

只是深陷对你无日无夜的惦记

现在,你让我

什么都不是

只喜欢仰望蓝天上绚丽多彩的云霓

水边的树

杨柳、桃树、枫杨……
是植物界的名流佳丽
是自恋的狂迷
在岸边斜着身子
伸出脑袋
看水中的自己

修整着胡须
涂抹着脸皮
风生水起之时
摇晃着美丽
尽量压弯身子
为的是亲吻水中的自己

现在成了湿地公园

痛失了往日的隐秘

柳桃垂首,枫杨泪滴

它们对影子过于痴迷

月圆月缺,文人只顾叹息

不知是变动的影子欺骗了自己

初秋的哀伤

这是今秋第一场暴雨

蝉儿还在忘情地鸣叫

梧桐、银杏树的叶子

仍在枝头盲目地炫耀

秋后的蚂蚱

自以为是地在草丛中欢跳

哀其安于宿命

不知末日将到

丰收在望

但秋后算账,结果难料

来山中避暑的表妹

要回南方的寺庙

一阵忧伤

给整个大地

罩上了灰蒙蒙的色调

我多么想去西溪南

我早就听说西溪南

那里有座老屋阁

明代江南大才子祝枝山

来阁中为溪南八景写下优美的诗歌

那里有个明代的绿绕亭

亭中演绎了村民的多少悲欢离合

那里有条水街,很有灵气

能让你的心思,绽出浪花朵朵

那里还有一片枫杨林

阴森森的绿,会将你的秘密轻轻包裹

我是多么想去西溪南

但被岁月一拖再拖

一个秋日

我决定专去一游

刚踏上西溪南的一座木板桥

我恐高腿抖

觉得身轻如一片落叶

就要被河风吹走

最终,我只得把夙愿收进行囊

让西溪南的念想

永远挂在心头

注:

西溪南,地名,位于黄山市徽州区,是一处旅游胜地。

向 日 葵

我家院子里

有一棵向日葵

圆圆的葵盘

总是朝向太阳

锄草,浇水,施肥

我就是它的太阳

我家屋子里

也有一棵向日葵

她也离不开太阳

她因患失忆症,外出认不了路

紧紧拽住我的手不放

乘公交车

眼睛盯在我的身上
唯恐被落在车里
每到一站,都关注我的动向
她一步也离不开我
我就是她的太阳

秋　分

我对这个节气

不甚了了

只知道此后是

一拨又一拨的寒潮

邻居夫妻俩

闹分道扬镳

年轻时,风风火火几十年

年老了,吵吵闹闹

这个节气

正是秋收与冬藏之交

他们闹分粮、分稻

后来闹分床、分房

再后来闹分吃、分灶

把人生之歌

唱成分调、降调

我对这个节气

一直印象不好

窗外群山绵延

我向窗外远眺

晴日里,蓝天下

绵延的群山

像万马奔逃

阴天里,入夜时

又仿佛高原上的黑牦牛

在归途中边慢行边吃草

黄昏时分

窗外山色朦胧

突然惊现一位睡美人

乳峰突起,衣袂飘飘

瞬间,美人飞出一只绣花鞋

我猛然一阵心跳

定睛一看
原来是一只山鹰
冲向山下的林梢
怎么会是这样
今夜,我不想睡觉

文 峰 桥

我去文峰桥
路上遇到一只蚂蚁在疾跑
撑着豆大的头颅
只靠几条纤细的腿脚
还背负一粒大米
趔趄前行,差点摔倒

我想到自己
不做官,不种草
只写了几本书
就头重脚轻
走路挺不起腰

文峰桥就在眼前

红柱长廊,飞檐翘角

沉重的水上宫殿

伸向水中的腿脚

骨瘦如柴,撑不动上面的

霓虹闪烁和人欢马叫

我与蚂蚁、文峰桥

互相喘着气

看谁能撑到最后一笑

注:

　　文峰桥,在黄山市屯溪区率水河上,既是交通桥,又是景观桥。

虎刺梅

上门的客人越来越少

四季风难以吹到

阳台上的窗关得太紧

喜欢阳光的虎刺梅

不怨恨,不吵闹

秆子上虽然长满了刺

但从来不伤我一丝一毫

我很少照料它

它也从不撒娇

不经意折了它的枝叶

红色的小花总是含着笑

我现在增加了看望它的次数

满眼的收获,是善良、朴实、美好

我喜欢它，却不能为它唱歌
我的歌只能献给一个人
这个人常在黑夜里
为我的未归备受煎熬

望　月

我家院子里

可以望月亮

每在月亮东升之时

我就翘首东望

亮晶晶,水汪汪

元宵玩月

中秋赏月

快乐时捧月

忧伤时问月

夜行时追月

一幕幕,一桩桩

在我脑海里倒海翻江

我家屋子里

也有一个月亮

她总是把全屋照得亮堂堂

在厅堂里,月洒银辉

在房间里,床前月光如霜

在厨房里,灶前月光似水

夜深了,月照西窗

我一回家

就能看到月亮

月光给我沐浴

月光给我抚伤

我喝着酒

欣赏着月亮

我在月光的草席上呼吸

我在月光的吊床上摇晃

月光温柔

月光明亮

我在望月中幸福度时光

中秋，是个伤感的节日

中秋，是个伤感的节日
萧瑟秋风吹满天
草黄马瘦鱼水浅
大地秋歌唱悲怜

中秋，是个伤感的节日
年怕中秋月怕半
中秋一过便到年
感叹时光短暂，过往云烟

中秋，是个伤感的节日
月是故乡明
他乡月黑风高雁难眠

游子梦绕又魂牵

中秋,是个伤感的节日
天涯云遮月
海角雨缠绵
千里难以共婵娟

紫露寺游记

奇树湖水,波光粼粼
只闻水声,还有鸟鸣
规模宏大的寺庙建筑
却少有人来修行

四方体的九层罗汉塔
巍峨耸立,势如九鼎
四周杂草丛生
拒绝登临

我独自走过大雄宝殿
没有香烟袅袅的场景
也没有人声鼎沸

只闻檐风嗖嗖,风铃叮叮

方丈已云游四方
不做法事,不再诵经
推行生活禅、快乐禅
已没有了初心

我仰望寺庙后面的象鼻山
刚在清凉中初醒
九华归来不看庙
此庙归来泪满巾

注:

该寺位于黄山市,始建于唐,后焚毁,于近年重建。

新安江之歌

黄牛舔着牛犊

牛犊吸吮着母亲的奶

油菜花分娩香油

从榨床上汩汩流下来

新安江的流水灌入农田

倒映着一片片金色的云彩

燕子裁剪着春雷

口衔新泥向檐下低飞

春风带着暖意

一路欢舞歌吹

新安江载着游人的心思

穿过镇海桥碑、尤溪古渡、八乡四水

群山翠绿的海洋

荡漾着古村落的马头墙

一个个人工湖宛如翡翠

在千岛、丰乐、月潭间深藏

电流穿起繁星般的明珠

桃花鳜、翘嘴白、大胖头相会在"天堂"

新安江水昼夜流淌

不断洗去历史的忧伤

从六股尖出发奔腾入海

荡气回肠

曾把一代代徽商的梦

带去钱塘、苏扬

新安江从远古洪荒走来

森林砍伐，洪水咆哮，多难多灾

青山绿水走余杭

改天换地，跨进新时代

新安江奔腾不息

涛走云飞,大潮澎湃

注:

　　新安江,是安徽省三大水系之一,发源于黄山市休宁县的六股尖,流经安徽、浙江两省,在杭州湾入海。

唐模探美

唐模村之美

不在十桥九亭八角房

也不在水街有多长

美在它的文脉绵延

美在檀溪水的古韵流响

唐代汪华的后裔

不忘盛唐

为延续唐村风水人脉

在檀溪边栽下银杏和古樟

清初许氏巨贾，事母至孝

感动了上苍

调杭州西湖之水

降于檀塘

供许母晚年安享

清末许承尧

与檀溪的轻流慢水

边"闲谭",边对讲

千年歙事悠悠流淌

檀溪水啊

你流淌的不仅是风景

更是历史的沧桑

注:

1.唐模村,位于黄山市徽州区境内,是著名古村落、AAAAA级旅游景区。

2.汪华,见《古城岩》一诗文后注。

3.许承尧,清末至民国人,世居唐模村,光绪甲辰进士,徽州最后一位翰林,著《歙事闲谭》一书,令世人瞩目。

呈坎印象

一走进呈坎村
入眼的是一座单拱石桥
还有一个荷花塘
相比宏村的南湖和石拱桥
大模小样
留不下印象

在村口地面上
画有一个八卦
说呈坎是个八卦村
但没有谁能看到真相
要能俯瞰八卦状的村形
除非长上翅膀

几幢明代民居建筑
是徽派古建筑的珍藏
号称"徽州第一祠"的罗东舒祠
大门口没有广场
如果我骑马去
肯定找不到广场上的拴马桩

有人问我看法如何
我说要看同去的女友的印象
那天下雨打着伞
女友脸上没有阳光
以后不久,我们互相
也没有了印象

注:
　　呈坎村,位于黄山市徽州区,是著名古村落和古建筑旅游景区。

我没有故乡

我没有故乡

小时候

大人说我是从外面捡来的

我一直不知道自己出生的地方

外出读书十年

暑假回去,只有苦蝉的悲鸣

没有故乡的鸟儿对我欢唱

寒假回去,只有大雪纷飞

没有桃花送来故乡的春光

我没有故乡

儿时住的河边的小店

被人工湖吞没

现已记不清模样

父母不在人世

迁住的新房已无奈转让

在我离乡之际

祖坟被盗墓贼挖空掏光

祖宗也没有了故乡

现在我到处为家

游走四方

祖国这么大

无处不芬芳

只要有山有水

血脉源自炎黄

都是我故乡

远眺新安大桥

地平面上

有一条线

可能是天际线

因为有云彩飘荡

也可能是地平线

因为有水汽升扬

最可能是电线

因为上面有鸟儿飞翔

一队蚂蚁

背负着食粮

在那条线上急行军

在云彩中、水汽里、鸟翅下

赶路程,浩浩荡荡

夜色降临
天空中的星星
连成一串串
落在了蚂蚁队伍中间
闪着光亮

离家还有很长的路
承载着族群的希望
蚂蚁也有梦
梦之桥
通向幸福的梦想

注:
　　新安大桥,位于黄山市屯溪区新安江上,是市区内的南北大通道。

龟

家里养了一只龟

专门给它搭了一间房

它终日缩头缩脑

行动不慌不忙

槽里的碎肉

留给老鼠

钵里的汤水

让给蟑螂

背上常被人敲打

咚咚作响

与人打逗

被翻个白肚朝上

从不计较

也不嘟囔

性格温驯

处世善良

应该颁个楷模奖

眼不见，心不烦

为什么要住高楼

免不了要向窗外张望

天边是白云

白云下面是远方

那里有我怀念的人

白云悠悠远去

为什么不带我同往

我多么心伤

近处是红云

美女列队而过

个个脸上都荡漾着春光

引起我几寸愁肠

新安江之歌

过去住在一楼

四面高筑围墙

什么也看不见

心不烦，意不乱

寿命会更长

保　　姆

我家保姆心太诚
做事过于认真
两只袜子非要套叠在一起
担心单只容易被扔
筷子长短,颜色各异
总是按类成双
摆放齐整
鞋子不让单只放
枕头不给两处分
她酷爱双数
讨厌单打独争
我后来才知道
她熬过四十年岁月
一直苦于是单身

望　　呆

我经常在一处合适的地方
一动不动地站着或坐着发呆
不管是下雨还是太阳晒
眼睛直望远方
或者只盯着眼前的一小块
目不转睛
渐渐地,慢慢地
就没有了后来
我变得目空一切
头脑里一片空白
也没有了自己的存在
我已立地成佛
没有快乐,没有悲哀

此刻真好
我的"如来"

时间过于短暂
任何风吹草动
都会使我如梦醒来
从虚空中飘然而出
重新忆起人间百态
发现有人围观
我不予理睬
我是个头脑正常的人
心里什么都明白

忽明忽暗

天有不测风云
阴晴多变,忽明忽暗
儿子不习惯
骂天骂地,又骂气象站

物件有益损
夜里电灯眨眼,忽明忽暗
儿子不习惯
大骂厂家卖破烂

人间有悲喜
霓虹闪烁,忽明忽暗
儿子不习惯

怨天尤人,怪罪城管

人品有好坏
儿子做事,脸色难看,忽明忽暗
我实在看不惯
骂他是逆子,基因有错乱

仰望天空

我躺在野外草地上

仰望天空

蓝天深邃,白云飘动

多么自由

幸福无穷

我躺在门外凉床上

仰望天空

几颗星星,坠入黑洞

多么遥远

心事沉重

我躺在公园木椅上

仰望天空

南飞鸿雁，西挂彩虹

多么悠闲

不思所终

小草的宿命

我最懂得小草的宿命

小草何尝不想长成大树

只是生来就陷入

被牛羊踩踏的命运

小草何尝不想出人头地

只是被割草机

一次又一次地刈平

还要外加除草剂的喷淋

小草不得不低声叹息

不得不向镰刀

伸出卑微的头颈

但世人无视如下事实

是小草绿了春景

是小草在秋日里

引来了悦耳的虫鸣

古 道 行

古道西风瘦马
马蹄声声
十万火急
前路无晨昏

古时京都的传谕官
怕耽误了行程
千年老树上
刻有计程的遗文

山高林密
史载有虎狼噬人
路边散落着

只埋了衣冠的空坟

隘口有关亭

行人欲断魂

亭柱上有破产商人留下的

跳崖遗言的刻痕

山神庙只剩下断壁残垣

边上的石碑尚存

仍在歌功颂德

但阻挡不了历史的车轮

石径破碎

路幽草深

山风阵阵

林海涛声滚滚

老屋的变迁

我家的老屋

有花台和漏窗

有画栋和雕梁

解放前夕

蒋军败退浙江

途中看上了老屋里一间玻璃房

进驻的不是团长,就是营长

头戴铜盆帽

手牵大狗狼

看着威风

心里惊慌

如今老屋破败

风雨凄凉

我囊中羞涩

但不指望中大奖

开民宿,叫"姚家大院"

修旧如旧

豁然开朗

有酒吧,有舞廊

来大师狂草

来九流捧场

来的都是客

相见喜洋洋

红色的石屋坑

——向七一党的生日献礼

巍巍怀玉山

风卷红云

盛开的杜鹃花是红的

鸟儿的鸣叫也是红的

红了大地,红了黎明

石屋坑的

每一块石头

每一间小屋

每一个水坑

都浸透了红的颜色

红得炽热,红得痴情

中共皖浙赣省委驻地旧址

滚烫的血,余温未泯

红军棚、红军屋、医院、夜校

还留有红色誓言和遗言的铿锵余音

红军抗日先遣队

留下红色的脚印

红得烫脚,红得震惊

红得让人狠狠抓住初心

皖南游击队的足迹

遍及崇山峻岭

在这里留下红色的记忆

是徽州迎接解放的排头兵

是皖浙赣大地燃烧的引擎

石屋坑精神

激励今天的致富脱贫

当年的石屋坑人

在现今人们的心里

活得灿若繁星

是天上的云霞

是山花烂漫

是硝烟中的美丽风景

注：

　　石屋坑,是黄山市休宁县汪村乡的一个小山村,是一处著名的革命老区。

我忍不住要哭

我多么幸福
我多么酷
可以听到林中鸟雀的啁啾
可以听到小溪的流水汨汨
可以看到鲜花的美丽绽放
可以看到空中白云的漫卷轻舒
可以嗅到深秋桂花的芬芳
可以尝到餐桌上的美味香酥
可以坐着高铁去畅游
可以坐着飞机去俯瞰莲花和天都
我已知足
可是一到夜里
想起世间的一些人和事
我就忍不住要哭

我坐高铁过千岛

我坐高铁去上海

路过千岛湖

隧道一个接一个

黑暗的旅途

每出一次隧道口

都闪现一小片湖

是湖湾和港汊

大湖尊容山遮雾阻

不同西湖小女子

应是堂堂大丈夫

何必犹抱琵琶半遮面

害得我寻思良苦

我正苦苦找寻千岛湖真面目

不知车已到桐庐

注：

桐庐是千岛湖站的下一站。

新安江之歌

登 高
——写在重阳节前夕

我在上海与重阳节达成默契
电梯用每秒 10 米的速度
把我送到 632 米高的天际
这里是号称"上海之巅"的"上海中心"
高度是世界第二、中国第一

我放眼四望
黄浦江两岸的大上海尽收眼底
高架桥上"甲虫"在爬行
黄浦江上"叶片儿"在漂移
四周"水泥森林"高低错落
南京路上涌动着成堆的"蚂蚁"

我感到有些摇晃

我感到有些迷离

脚下有云雾飘来

上海躲进了云底

上方有霞光夕照

上海在云层下面透射出金光万里

位置越高,风景越壮丽

但登高的人应下地有期

身居高位,不要让高处的人太拥挤

也不要让下面的人望"高"莫及

国庆霓虹

——写在新中国成立七十周年国庆之夜

今夜

霓虹照亮了天空

星星也失宠

火树银花

舞凤飞龙

"祖国万岁"的鲜红大字

悬挂空中

今夜

霓虹照亮了大地、海岛

街灯没有了往日的自豪

风影红透

江水也红涛

霓虹倒映水波中

国旗劲飘

今夜

霓虹照亮了万物

魑魅鬼影逃之夭夭

秋虫不再低吟

百鸟没有归巢

聚在霓虹下面共鸣唱

"祖国好"

奇墅湖情思

奇墅湖啊
你是那么平静
微风轻吻着湖水
波平如镜
游鳞吮水推细浪
我想起了母亲
她性情特别平和
柔水才多情

奇墅湖啊
你是那么清澈
徽派民居的白墙
爱恋着水中摇晃的倒影

我仿佛看到了湖底的奇墅村

想起在友人家吃香榧的情景

情意今犹在

水清山更明

奇墅湖啊

你是那么浩瀚

雾霭拥抱着远山

烟波暝暝

远眺最能引人怀念

我想起了父亲

他有宽阔的胸怀

千里暮云平

注：

　　奇墅湖是一个人工水库，因奇墅村被淹没于湖底而得名。它位于黄山市黟县，风景秀丽，是一处写生和度假胜地。

我与蚊子共歌吟

一间卧室
两个活物自愿凑合
一只蚊子,一个我
它早出晚归
在一个角落里轻轻地哼着歌

我要入睡了
它却磨刀霍霍
闭上眼睛舞蹈
掩着耳朵唱歌
我跟着哼起了《黄土高坡》

我们虽然有共同爱好

我是否可以无视它的吸血入魔
尽管我和善、慈悲
它是否可以放弃用长枪对我一搏
我们合唱了《少年壮志不言愁》

我半梦半醒之间
有歌声在愉悦我的耳朵
来到一座寺庙
它唱着悠扬绵长的佛歌
我在梦里唱起了《走西口》

它突然在我脸上猛戳一下
我没有反击,而是开窗让它走
先放血,后放生
还唱着欢送的歌——
《前面有一条美丽的小河》

秋园月色

秋夜的园子里

小虫的叫声刚刚停息

四周静得出奇

风经过的时候

草坪上微起涟漪

地上泛着银白色的月光

树影光怪陆离

园外坡地上的秋梨树

把影子投射到园里

园里的桂花树

园外的秋梨

趁着月色

把影子轻轻地叠合在一起

传来几声虫鸣

秋夜更加让人入迷

塔川红叶

友人送我一片塔川红叶
我夹在书中
既是书签
也是一段友情的留踪

几十年过去了
我才来到塔川
探望乌桕树的真容
春秋叶色红艳
胜似丹枫
漫山遍野
一片火红
我来时已迟

已是初冬

没看到五彩斑斓

只看到枯叶飘落

寒枝凌空

回家再看书中的红叶

如见友人的面孔

色暗如铜

感叹时光已逝

一片枯叶在书中

不知友人今何在

塔川的红叶

年年依旧红

注：

　　塔川村，位于黄山市黟县宏村镇。塔川秋色堪与四川九寨沟、新疆喀纳斯、北京香山的秋色比美。

木坑竹海

这个小山村是绿的
粉墙黛瓦被包裹成绿的
四周的绿，侵入所有在场的事物
竹叶上的露珠是绿的
嗖嗖吹来的凉风是绿的
小山村的人也是绿的
枝头小鸟的歌声也是绿的
绿色把整个世界融为一体

这个小山村是绿的
绿得深浅不一
绿得色调不一
绿出远念

绿出不离不弃

绿出遐思

绿出忧伤和欣喜

绿出正直、向上的骨气

寒来暑往

始终高擎绿水青山的大旗

这个小山村是绿的

绿了在竹林中信步的母鸡

绿了竹林中采撷人的风衣

绿了奥斯卡奖大片《卧虎藏龙》的拍摄地

绿了著名摄影作品《翠竹堆青》的取景地

绿了杜甫的诗句"只想竹林眠"

绿了我对这个小山村的情意

竹海依依

注：

　　木坑竹海，位于黄山市黟县城北十五公里的群山之中，是一个方圆十几里范围的内无杂树的竹林世界。木坑村就处在这片绿色的海洋中。

我与麻雀

几只麻雀叽叽喳喳
在路上觅食、玩耍
这个鸟中最卑微的一类
居然与野猫勾勾搭搭
对我却视而不见
不恭也不怕
我离它们越来越近
它们仍然边觅食边说着悄悄话
当我走到跟前
它们并没有要飞走的样子
似乎看透了人类无能的爪牙和手法
用脚踢,够不着
用手抓,趴不下

我的自尊心一再受挫
同时又自慰自夸
它们对我是信任和亲近
我对它们是包容和宽大
我得意扬扬回到家

阳产土楼

云崇拜阳产

风迷恋土楼

云那么慢

风那么柔

急的是那些山花

杜鹃花、茶花、桐花、桃花

都牵着风云走

争相宣告天下

看谁峥嵘岁月稠

都盛开一时

却难逃冬季严寒的气候

唯有山腰上的村落中

矗立着一座座土楼

远远望去,像一丛丛黄灿灿的山花

　　常开不败,永不凋落

注:

　　阳产,村落名,位于黄山市歙县深渡镇。山民就地取材,用黄壤、木材筑楼而居,形成了鳞次栉比、错落有致、质朴壮观的土楼群,吸引大量游人前往观赏。

城市之夜

晚上不敢外出游逛

总是辨不清方向

江水里有一轮明月

在我眼睛里不停地晃荡

不敢出门

不是因为夜色太暗

而是地下比天上亮

晚上比白天亮

眼睛睁不开

怕被乱车破腹开膛

流浪猫在角落里发呆

夜莺飞错了方向

城市亮化,晨昏颠倒

万物生存乱了规章

适者生存

优胜劣亡

我打算去深山老林

择一座寺庙

守住一盏佛灯的亮光

新安江之歌

护林员之歌

一座座山林
静静等待着黎明
闻到他的气息
森林摇动树叶
发出有节奏、有旋律的声音
这是赞美的歌吟

有树桩在哭泣
昨夜被盗伐者剁下了头颈
他做记录、摄影
山鸦叼着一枚烟蒂
急匆匆地飞来报警
他把破案的线索拧紧

他驾着野猪

鞭着野山羚

与毒蛇斗法

与坏人周旋

风呼号,雷电鸣

叱咤风云

大　师

我的一位小学同学

喜爱板凳调的演唱

后来成了"非遗"传承人和大师

这是全村人的荣光

一日大师表演

蓄着山羊胡须

穿着绸制唐装

左右手各持一条小板凳

互相撞击砰砰响

胡子一捋

把民歌调唱得一直往上扬

一阵凉风穿村而过

音调打了一个花腔

台下欢声雷动

说大师就是不同凡响

关于忧愁

当你忧愁时

别人不一定忧愁

我也不一定忧愁

入秋以来

没有下过透雨

水源枯竭

百姓忧愁

但我不盼望下雨

因为我要外出旅游

当我忧愁时

别人不一定忧愁

你也不一定忧愁

入秋以来

没有下过透雨

土地干裂

农民忧愁

但你不盼望下雨

因为你要破土盖楼

当别人忧愁时

你不一定忧愁

我也不一定忧愁

入秋以来

没有下过透雨

农业歉收

国家忧愁

你我为什么就不能

先天下之忧而忧

月 亮 饼

在街上偶遇老同学

一见就知道混得比我强

他说"难得,难得"

要拉我去徽菜馆

我说"下次,下次"

心里只想着妻子今晚要烙饼子给我尝

我赶路回家

天上升起一轮圆圆的月亮

那是一块刚出锅的饼子

饼子上的阴影

证明包的馅不是豆角就是韭黄

绝对不是萝卜丝

我一面走一面想

浮云从月亮上掠过
那是饼子上的热气
散发着扑鼻的油香
现在趁热吃多好
过一会儿就要变凉

落叶纷飞的早晨

早晨七点半
市内交通的高峰时段

斑马线两侧
挤满了过马路的人群
不断向车流张望

车流速度缓慢
一辆接着一辆
都朝着郊外的方向

人们表情严肃
银杏的落叶如纸钱般飞扬
纷纷落在人们的头上、肩上

广场上音乐旋律悠长
有些哀伤

我的心献给了苍穹

我坐飞机在万米高空
窗外白茫茫一片
如坠入漫无边际的浓雾中
夜里,什么也看不见
如坠入无底的黑洞
我听到了哀乐
我看见了坟冢
我脆弱的心
早已不在胸中
交给了命运
献给了苍穹
无数次涉险回来
庆幸之后
无法拒绝新的惊恐

新安江之歌

名　　字

各种植物都有名字

风呼唤它们

就手舞足蹈

每种动物都有名字

雨呼唤它们

就快乐地奔跑

我也有名字

却很少有人喊叫

在课堂上当学生

在单位里当"被领导"

才被直呼名字

点名查到

我被呼来唤去

都是叫我"喂"

或者"老陶"

现在又叫"陶老"

我喜欢叫我全名

所以我想做一棵树

或者做一只猫

天天有人呼唤：

"陶金宝……陶金宝……"

我的心很甜

我整天都是一张笑脸

人们都在向我靠近

无论生人、熟人

不管红颜、白脸

你们为什么都愿意听我唱歌

你们为什么都愿意与我聊天

你们是发现了我的什么秘密

不再计较前嫌

你们急迫地贴近我的心

是想把我的心送至你们的舌尖

只是心的外壳很甜很甜

巷　口

晚上在街上行走

我最忌惮的

是街道两侧大大小小的巷口

路过这些巷口

心里不由得打抖

巷子幽深、昏暗

唯恐什么时候会蹿出一个怪物

把我紧紧一搂

小时候

只知道害怕蹿出一只小猫小狗

成年了

害怕有鬼魂在巷子里转悠

饱经风霜之后
不再相信什么鬼魂
而是害怕被坏人
拖进巷子里下手

再后来,什么都不怕了
巷子虽深,我已看透
我不再相信大器晚成
如此碌碌
只想把人生之路走到头

讲 故 事

小时候

姐姐给我讲故事：

青山坞里有口塘

塘边有棵树皮很滑的大枫杨

谁能爬上去

谁就能当上孩子王

小时候

妈妈给我讲故事：

青山坞里有个玉兔姑娘

天天都在照镜梳妆

谁能听话

她就做谁的新娘

小时候

爸爸给我讲故事：

青山坞里有间读书房

一到晚上亮堂堂

谁能进得去

金子银子一世花不光

练江,是一条练

练江,是一条练
挂在大地母亲的脖颈上
母亲的乳汁流向平原山岗
丰腴了州郡的土地
山越人繁衍生息,族富民康

练江,是一条练
绾在大大小小的村庄上
他们的儿子背着行囊
走遍长江南北
回到村中修桥铺路竖牌坊

练江,是一条练

系在滔滔的新安江上

筑坝、断流带来了悲伤

船儿不能再去外婆家

也去不了千百年往来不断的苏杭

练江,是一条练

系在杭黄高铁的臂膀上

掀起了练江上沉寂已久的风浪

速度改变了陈年旧梦

练江伴着高铁远航

注:

练江,流经歙县县城,在浦口村注入新安江。

夜宿玉屏楼

索道一线牵

把我送上天都、莲花两峰间

佛陀境

别有天

今夜寄宿玉屏楼

白云为铺

晚风吻面

一千七百米的海拔

撑起我夜色中的悠闲

平生最柔软的床幔

最辽阔的睡眠

窗外云涛渐涌

一望无涯,气象万千

我与圆润、饱满相拥抱

不再是坚硬的花岗岩

我身轻如燕

潜入一片无垠的棉田

美梦连连

晨起,推开窗户

一轮红日冲出云涛

霞光瑞气吐着云烟

我不想再回到人间

注:

黄山玉屏峰建有玉屏楼宾馆,玉屏楼渐成玉屏峰景区的代称。

雾锁天都

三十年前

我第一次登天都峰

成竹在胸

要瞭望家乡

要领略海阔天空

当我登上峰顶

雾气从四面八方向我围拢

一片白茫茫

四大皆空

我呼唤亲人的名字

恨只恨这不作美的天公

突然一位姑娘喊我大哥

要我陪她离开这白色的牢笼

她随我来到鲫鱼背

紧紧抓住我的手不放松

一股电流

在我全身奔涌

她说是大学生

我却雾锁心胸

不敢问她姓名、住址

就挥手相送

永远是一团雾啊

不堪一世悔恨中

注：

　　鲫鱼背，在黄山天都峰上，实为一座石矼，长10余米，宽仅1米，两侧是千仞悬崖，深不可测，其形颇似鲫鱼之背。这里是登天都峰顶的必经之处，以奇险著称于世。

容溪行

一到容溪

就被戴上一个五彩斑斓的花环

容成子炼丹

把容溪的土地烧得红如霞光

阵阵秋风

把容溪的山野吹得金碧辉煌

丰乐湖水

把容溪的周边浸得绿泱泱

徽姑娘

把容溪农家乐的鱼汤炖得白里透香

容溪啊

你是一位漂亮的少女

任人打扮化妆

新安江之歌

你是一位贵妇人

头顶凤冠

你是一位伟男子

海纳百川,宽宏大量

你容得下一切,还有

我唱了一句山歌

对面山上很快传来姑娘的回响

容溪啊

你风情万种

我百感飞扬

注:

1. 容溪,位于黄山市徽州区呈坎镇,是一个以秋色著称的小山村。

2. 容成子,是黄帝轩辕的臣子,相传他随黄帝来黄山炼丹,曾来到容溪,附近有以他的名字命名的容成峰。

太平湖情归何处

太平湖啊

谁叫你长得那么美丽

水做衣,蓝得出奇

眼睛深邃

臂腕弯弯

胸廓彼伏此起

湖岛遍布,是你的挂饰

环山青黛,是你的坐骑

太平湖啊

谁叫你深藏闺中无信息

令人更加好奇

显得更加朦胧
　　更加神秘
　　更加梦幻
　　更加迷离
　　更加引人入迷

太平湖啊
谁叫你扭扭捏捏不大气
有人说你是泾县的
有人说你是太平县的
谁不想娶你为妻、为媳
你是祖国的女儿
你是黄山的情侣
你要坚定不移

方 腊 洞

白云飘过此处,把速度放低

山鹰把翅膀收起

在独耸峰上,悬挂着方腊洞

洞旁留下"方腊寨"的奇特字体

义军据洞抗击

宋朝官兵退居百里

今人在石臼里舂着药草

在石灶上烧烤着野鸡

峰前方腊、方百花的石雕像大喝一声

山风飞卷寨上的"方"字大旗

历史学家钻研典籍

方腊的身世不断引发争议

注：

1.方腊,歙县人(一说睦州青溪县〔今浙江杭州淳安县〕人),为宋代农民起义军领袖,曾据东南浙皖六州五十二县,建立政权,后兵败被俘,在汴京被处死。

2.独耸峰,位于齐云山五老峰东南,一峰独兀,四临空谷,大有"一夫当关,万夫莫开"之势,是史上兵家必争之地。

苹　　果

我一直不喜欢吃苹果

甜不甜,涩不涩,水又不多

可是,苹果总是千方百计找上门来

朋友送来一篓

子女带来一篓

单位发来一篓

我无法拒绝和推托

苹果是真心的

不管我把它置于何处

它都不惧岁月蹉跎

它一天天老去

皮肤渐渐打皱

我不忍心它的虚度

便开始与它恋在黄昏后

吻一次,咬一口

它去我胃里舞婆娑

快乐的十月

在十月的山野里
朵朵小黄花张开笑脸
快乐着温暖的小阳春

在十月的小河里
鱼儿浮上来
快乐着水面上的落叶缤纷

在十月的阳台上
成群的麻雀叽叽喳喳
快乐着我晒在那里的面包粉

在十月的大街上
我和她并肩沐浴阳光
快乐着行人投来羡慕的眼神

明月照大江

明月照大江

我站在新安江水库上游的岸旁

那里有被江水淹没的坟茔

江中明月在水中潜航

托它代为问候

那里曾有我的亲娘

明月照大江

我站在新安江山水画廊

那里水下有我家的老屋

江中明月如此明亮

照我再走一回故乡路

那里曾有我童年的快乐时光

明月照大江

我站在新安江的游船上

那里有我儿时的好友

在江中游泳溺亡

江中的明月

勾起我阵阵忧伤

伴　　虎

我的一生

处处伴虎

电视上看到东北虎、华南虎

书本上看到美洲虎、印度虎

用电量居高不下，堪称"电老虎"

前进路上常遇拦路虎

金钱面前不乏笑面虎

窗外爬进来一只瞪大眼睛的壁虎

我的四周全是虎

但我不怕虎

它们全是纸老虎

更何况

我夜夜与老虎同床共枕

她属虎

晚上七点出生的

是一只地地道道的下山虎

爱的差异

父母对子女的爱

是无限的宇宙

母亲是月亮

父亲是太阳

母亲的爱,是柔和的清辉

父亲的爱,是滚滚的热浪

子女对父母的爱

是有限的时空

星星的父母是太阳和月亮

星星对父母的爱

时而隐去

时而闪亮

徽州大峡谷

白际山脉

穿越远古洪荒

大峡谷是它的杰作

险峻幽深、苍苍莽莽

夹峙两侧的山峰

飞奔而下

浩浩荡荡

那是一队队骆驼

耸着驼峰

要去远方

谷水哗哗

新安江之歌

是驼队脚步的传响

谷中巨石累累

圆润饱满

是徽骆驼的包袱

是驮在背上的行囊

还驮着瀑布

把瀑水带去新安江

带去长江、黄河

带去海洋

徽骆驼就是这样走出大山

创下徽商时代的辉煌

注：

　　徽州大峡谷，位于黄山市休宁县源芳乡，现被辟为旅游区，是游览、漂流的好去处。

冬至盛事

一次又一次警报告急

北方寒潮来袭

百草提前枯死

每来一次寒潮

就夺走大地一分阳气

而且一次次夺去人们的阳光

使白天短得让人来不及喘息

冬至的各种盛事

都忙在长夜里

吃饺子、米团、长线面

求得冬日里有个吉利

隆重举行祭祖仪式

死去的亲人基本会到齐

只是祖母可能不会来

因为祖父续了后妻

我喜欢站在雪地里

下雪过后
天气再冷
我都喜欢站在雪地里
雪地是那么白
而且无边无际
一切黑暗、污秽都被埋葬
白雪给了大地伟大的洗礼

下雪过后
光线再刺眼
我都喜欢站在雪地里
雪地是那么单纯
而且无与伦比

一切繁杂、虚假的事物都被埋葬

白雪给了大地有力的清洗

下雪过后

路上再滑

我都喜欢站在雪地里

雪地是那么宁静

而且拒绝所有的口头信息

一切喧嚣、争吵都被埋葬

白雪给大地披上了圣洁的外衣

屯溪老街

屯溪老街
老在骨子里
老在涵养里

维修街道用的是现代水泥
但街道仍旧弯曲幽深
古风依依

刚刚涂了油漆
骨子里还是古老的木材
马头墙依然昂立

卖的是现代商品和现制的文房四宝

但还是前店后坊

酒旗飘逸

老街已走向全国,走向国际

但店里人说的仍是不标准的普通话

有的还用古老的方言招揽生意

屯溪老街

半小时走完从东到西

穿越的却是几个世纪

远　行

女儿去国外留学

儿子去非洲当维和警察

我都到机场和码头送行

他们经常发回报平安的视频

月亮落入深山

第二天晚上又在东山相迎

故乡去了水库底下养伤

一年后,在人工湖畔再现风景

母亲在临终关怀之后

我挥泪要她一路走好

仿佛看到她渐行渐远的背影

她这是一次永远不再回来的远行

黄山奇遇

我爬到黄山浮丘峰的山腰

浮丘公正在播种猕猴桃

他放养了一大批猕猴

教它们制酒推销

猕猴把猕猴桃藏入洞中

在一定温度下猕猴桃自行发酵

猕猴喝了这种"自制"酒

经常醉倒

与人类不同

它们身体力行做广告

一只猕猴先狂饮此酒

直到醉倒

然后另一只猕猴指着醉猴大呼大叫

意思是它们的酒很有劲道

它们的行为让我大为感动

便慷慨给了它们几块肉馅面包

一群猕猴围上来

不顾浮丘公的面子

伸着手向我讨要

又是叫，又是跳

注：

　　浮丘公和容成子是黄帝轩辕的两大近臣，相传随黄帝来黄山炼丹，浮丘公炼丹的山峰尚有炼丹遗迹，此峰后被命名为浮丘峰。

桃 花 岛

桃花吆喝着春天

桃花呼唤着小鸟

桃花里走出美人

游人不停拥上这座江心小岛

钢筋水泥的狂风暴雨

洗劫了桃花岛

大量桃树被斩首

鸟儿、蜂儿、蝴蝶、居民

被驱逐出境,四处遁逃

桃花岛别墅群的广告

说要过神仙生活只需拥有一套

美人被神仙践踏

胭脂泪啊

洒遍桃花岛的边边角角

月潭湖,弯又长

月潭湖,弯又长
天上弯弯的月亮
落在了月潭湖里
月儿有了温暖的家
从此不再寂寞、凄凉

月潭湖,弯又长
弯弯月是一片毛峰茶
落在了月潭湖里
好茶随着好水荡漾
升腾起阵阵清香

月潭湖,弯又长

弯弯月是一支金钗

落在月潭湖里

插在传说中的美人鱼头上

鱼儿肥又壮

月潭湖,弯又长

弯弯月是一条小船

落在了月潭湖上

轻轻地摇晃

去向那诗和远方

注:

月潭湖,位于黄山市休宁县,是一处旅游区。

电线上的风情

我窗前横着一根电线
经常被风吹响
像古筝弹奏歌弦

早晨和黄昏
鸟儿在电线上聚会
鸟语绵绵

楼上掉下一裤衩
挂在电线上不知所措
随风打着秋千

雨天里

电线上有两颗水珠互相追逐

玩得疯疯癫癫

只要你有情怀

电线再单调

也会是美丽的风景线

往事片段

当年在青弋江旁

在暴风雨来临之前我要赶过江去

几十人冲向一只破旧渡船,一哄而上

水流湍急,船体下沉

船上的人一片惊慌

不进不退,等候暴风雨的扫荡

一位高手疾呼而出

一桨顶千斤,把沉船挑上了肩膀

一到对岸,身后便是雨急风狂

当年在泾县汀溪观音岭上

等候夜色降临

聆听蟋蟀们的吟唱

我将蟋蟀草伸入大队部台阶下的石缝里

想逮一只蟋蟀回去养

我将耳朵紧贴着石缝探听虚实

又用手电探看里面的动向

猛见一条蛇在里面蓄势待发

我吓得仓皇逃离现场

当年在从宁国回来的路上

大雪纷飞

汽车在雪路上摇晃

车到一段鲫鱼背似的险处

忽然滑向左侧靠近悬崖的一方

在即将坠崖的千钧一发之际

司机向右猛打方向盘

像提起一只箱子似的

把车拉回路中央

我仿佛死过三次

从阴间回了阳

为幸运之身三次上了九华

而且立在高处,拜谢上苍

也练了胆子

不再怕面对死亡

岁末记

这一年,出门戴口罩
肺欢畅,心欢跳

困于名,累于道
寻诗觅句,尽在暮暮朝朝
虽有不甘,但见人总是憨笑

身无大碍,小疾困扰
贵人远去,孤楼冷月高
阴霾散尽,依旧阳光皓皓

明年光景一定好
做快活人
报李不忘投桃